Estudo GGA e GGA+TB-mBj de perovskitas de óxido em fase cúbica

BOUHENNA Abdelkader
BELOUFA Nabil
SOUFI Hadjer

Estudo GGA e GGA+TB-mBj de perovskitas de óxido em fase cúbica

Como é que simulamos estes materiais para determinar as suas aplicações?

ScienciaScripts

Imprint

Any brand names and product names mentioned in this book are subject to trademark, brand or patent protection and are trademarks or registered trademarks of their respective holders. The use of brand names, product names, common names, trade names, product descriptions etc. even without a particular marking in this work is in no way to be construed to mean that such names may be regarded as unrestricted in respect of trademark and brand protection legislation and could thus be used by anyone.

Cover image: www.ingimage.com

This book is a translation from the original published under ISBN 978-620-7-45795-3.

Publisher:
Sciencia Scripts
is a trademark of
Dodo Books Indian Ocean Ltd. and OmniScriptum S.R.L publishing group

120 High Road, East Finchley, London, N2 9ED, United Kingdom
Str. Armeneasca 28/1, office 1, Chisinau MD-2012, Republic of Moldova, Europe

ISBN: 978-620-3-24460-1

Senhor

Estudo GGA e GGA+TB-mBj de perovskitas de óxido em fase cúbica

Tabela de maitières

I.   Introdução

A ciência dos materiais desempenha um papel muito importante na investigação científica e no desenvolvimento tecnológico que está a impulsionar os vários sectores industriais. O desenvolvimento das simulações computacionais favoreceu a realização de estudos interessantes no domínio da matéria condensada. Por exemplo, atualmente é possível explicar e prever as propriedades dos sólidos que antes eram impossíveis de experimentar.

Há mais de duas décadas que os materiais com uma estrutura de perovskite suscitam grande interesse devido às suas propriedades eléctricas. interesse há mais de duas décadas devido às suas propriedades eléctricas e magnéticas únicas, bem como ao seu comportamento ótico particular.

Os óxidos de perovskite com a estrutura **ABO$_3$** , em que A é um metal alcalino ou alcalinoterroso e B é um metal de transição, constituem atualmente uma nova e promissora classe de materiais. Vários estudos teóricos e experimentais têm sido relatados na literatura sobre as propriedades físicas procuradas para aplicações tecnológicas específicas, tais como ferroeletricidade, antiferromagnetismo, semicondutividade e propriedades ópticas.

As estruturas de perovskite são adoptadas por muitos óxidos que têm a fórmula química ABO$_3$. A forma idealizada é uma estrutura cúbica (espacialgrupo Pm3m, nº 221), que raramente é encontrada. A estrutura ortorrômbica (e.g. espacialgrupo Pnma, no. 62, ou Amm2, no. 68) e tetragonal (por exemplo, grupo espacial espacialgrupo I4/mcm, n.º 140, ou P4mm, n.º 99) são as variantes não cúbicas mais comuns. Embora a estrutura de perovskite tenha o nome de CaTiO , $_3$este mineral apresenta uma forma não idealizada. SrTiO $_3$e CaRbF$_3$ são exemplos de perovskitas cúbicas. de

3

bárioO titanato é um exemplo de uma perovskite que pode assumir a forma romboédrica (espacialgrupo R3m, n.º 160), ortorrômbica, tetragonal e cúbica, consoante a temperatura. [1].

Os materiais de óxido do tipo perovskite ABO_3 têm atraído um interesse crescente desde há muitos anos, graças à facilidade com que a natureza dos catiões A e B presentes na estrutura pode ser alterada (conforme necessário). As modificações destes elementos conduzem a uma alteração das propriedades intrínsecas do material, produzindo novas propriedades físicas em função da natureza química e eletrónica dos átomos A e B [2]. De acordo com a investigação científica, a altas temperaturas o grupo espacial a que pertence a perovskite cúbica é Pm-3m, a chamada variedade protótipo, correspondente à estrutura para-eléctrica [3]. Por outro lado, à medida que a temperatura diminui, este composto pode sofrer várias transições de fase polares e não polares [4]. A forma ABO_3 da perovskite é de natureza cúbica, de acordo com a origem da rede e as correspondentes posições de Wyckoff, mas os investigadores verificaram que esta estrutura cúbica não é adoptada por todos os compostos ABO_3, uma vez que também podem ser encontradas outras estruturas cristalinas ($LiNbO_3$, $YMnO_3$ ou $BaThO_3$), tais como a estrutura hexagonal ou ortorrômbica [5]. A representação estrutural da perovskite pode ser efectuada colocando a origem num dos dois catiões A ou B, o que corresponde principalmente à representação de Miller e Love [6].

Os perovskites têm um papel importante na tecnologia industrial. São utilizadas em memórias, condensadores [7], dispositivos de micro-ondas [8], medidores de pressão e eletrónica ultra-rápida [9]. São supercondutores a temperaturas relativamente elevadas [10], convertem a pressão mecânica ou o calor em eletricidade [11], aceleram as reacções químicas (catalisadores) [12] e alteram subitamente a sua resistência eléctrica quando colocados num

4

campo magnético (magnetoresistência) [13]. Os perovskitas com iões de metais de transição (TM) que ocupam o sítio B apresentam uma enorme variedade de propriedades electrónicas e magnéticas intrigantes [14]. Esta variedade não está apenas relacionada com a sua flexibilidade química, mas também com o carácter complexo que os iões de metais de transição desempenham em certas coordenações com oxigénio ou halogenetos [15]. Enquanto o magnetismo e as correlações electrónicas estão geralmente ligados às camadas de electrões 3d não preenchidas, as propriedades dieléctricas pronunciadas estão ligadas às camadas de electrões 3d preenchidas [16]. As perovskitas podem ser utilizadas quase universalmente, uma vez que as suas propriedades podem ser variadas dentro de limites muito amplos. Por esta razão, A. Reller e T. Williams chamaram-lhes "Perovskites - chemical chameleons" [20].

O CaBO3 é um membro desta família. Neste trabalho serão estudadas as propriedades estruturais e optoelectrónicas do perovskite do tipo $CaBO_3$ na fase cúbica utilizando o código de cálculo wien2k [21] onde o potencial de troca e correlação foi tratado pela aproximação de gradiente generalizado de Perdew-Burke-Ernzerhof (GGA-PBE) e o potencial de Becke-Johnson modificado (mBJ) [22] . Este manuscrito é composto por três secções organizadas da seguinte forma: A primeira parte é uma introdução geral aos materiais de perovskita.

II.   Estrutura cristalográfica dos materiais de perovskite

As perovskitas formam uma grande família de materiais cristalinos cujo nome deriva de um mineral natural: o titanato de cálcio (CaTiO3), identificado pelo mineralogista russo Lev Aleksevich von Perovski. A fase perovskita é uma das fases ternárias mais comuns no domínio da ferroeletricidade. Por extensão, o termo genérico perovskita abrange um número considerável de óxidos mistos [3]convencionalmente representados pela fórmula química ABX3, onde A é um grande catião (Ca, Sr, Ba, Pb, Bi...), B é um pequeno catião (Ti, Zr, Fe, Sc......) e X é geralmente O^{2-} ou F^{-}. A estrutura ideal da perovskite é cúbica, com parâmetro a0 ($\approx 4\text{Å}$) e o grupo espacial pode ser descrito como o empilhamento, ao longo da direção <111> do cubo, de planos compactos AX_3. A sequência de empilhamento é do tipo cúbico centrado na face (ABCABC...) e os catiões B ocupam ordenadamente um quarto das cavidades octaédricas assim formadas. Na sua descrição clássica, sob a forma de uma pilha de poliedros, os aniões de oxigénio e os catiões B formam octaedros regulares BO6 ligados pelos seus vértices ao longo das direcções <100> do cubo. Os catiões A maiores estão localizados no centro da grande cavidade cuboctaédrica formada por 8 octaedros BO6 (figura I.1) [23].

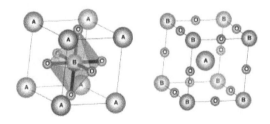

figura .II.1.Malha elementar do perovskite ABO3.

Os catiões A pertencem geralmente à série das terras raras ou das terras alcalinas, ou são elementos com grandes raios iónicos, como o Pb^{2+} ou o Bi^{3+}. Os catiões B são geralmente metais de transição 3d, 4d ou 5d ou metais nobres. Além disso, a estrutura da perovskite permite a substituição parcial dos catiões A e/ou B por catiões de valência igual ou diferente, A_{1-x} A' B_{x1-y} B' 0_{y3}, o que aumenta consideravelmente o número de combinações possíveis. o número de combinações possíveis. Atualmente, cerca de 2450 tipos de perovskitas estão indexados na Inorganic Crystal Structure Detabase (ICSD), sendo a grande maioria de óxidos. A Tabela II.1. mostra algumas estruturas de muitas perovskitas de óxidos. Uma vasta gama de compostos ABO3 adopta uma estrutura de perovskite cúbica. Quando a temperatura é alterada, estes compostos podem sofrer diferentes tipos de transições de fase estruturais polares ou não polares [24].

Familly	*Pérovskite*	*Estrutura cristalina*	*a* (A^0)	*b* (A^0)	*c* (A^0)	*α*	*β*	*γ*	*Eg* (*eV*)	*T* (*k*)	*space Group*
$A_1B_2X_3$	$CsCdF_3$ [25].	cubic	4.46	4.46	4.46	90.0	90.0	90.0	3.16	300	$Pm\overline{3}m$
	$CsCaF_3$ [73]. Cs : (0.5,0.5,0.5) Ca : (0,0,0) F : (0.5,0,0)	cubic	4.520	4.520	4.520	90.0	90.0	90.0	6.9	**900**	$Pm3m$
	$CsSrF_3$[26]. Cs : (0.5,0.5,0.5) Sr : (0,0,0) F : (0.5,0,0)	cubic	4.750	4.750	4.750	90.0	90.0	90.0	6.34	**10**	$Pm3m$
	$CsPbF_3$ [27]. Cs : (0.5,0.5,0.5) Pb : (0,0,0) F : (0.5,0,0)	cubic	4.902	4.902	4.902	90.0	90.0	90.0	3.68	190	$Pm\overline{3}m$
	$CsPbBr_3$ [29]. Cs: (0.99,0.97,0 Pb: (0.5,0,0) $Br1$: (0.046,0.5, $Br2$: (0.792,0.207,0	orthor_ hombic	8.184	8.233	11.72	90.0	90.0	90.0	2.22	RT	Pbnm
$A_1B_5O_3$	$NaTaO_3$ [29].	orthor_ hombic (8)	5.476	5.521	7.789	90.0	90.0	90.0	2.59	RT	Pbnm

7

			a	b	c	α	β	γ			Space group
		Na: (0.002,0. /4) Ta : (0,0,0) $O1$: (−0.06,0. /4) $O2$: (0.21,0.2									
		orthorhombic	7.834	7.848	7.855	90.0	90.0	90.0	4.0	743	$Cmcm$
		$Na1$: (0,0.002, /4) $Na2$: (0, 0.49, 1 /4) Ta: (1 /4,1 /4,0) $O1$: (0.27 $O2$: (0 ,0. $O3$: (0.27,0.2 /4)									
		cubic	3.983	3.983	3.983	90.0	90.0	90.0	2.31	890	$Pm\overline{3}m$
		tetragonal	5.550	5.550	3.933	90.0	90.0	90.0	4.1	843	$P4/mbm$
	$kNbO_3$	orthorhombic	5.70	5.74	3.98	90.0	90.0	92°	3.59	263	$Amm2$
		tetragonal	4.1	4.1	4.07	90.0	90.0	90.0	3.23	500	$P4mm$
		cubic	4.024	4.024	4.024	90.0	90.0	90.0	3.14	700	$Pm\overline{3}m$
	$kPaO_3$	cubic	3.83	3.83	3.83	90.0	90.0	90.0	3.27		$Pm\overline{3}m$
	$NaAlO_3$	cubic	3.7899	3.7899	3.789	90.0	90.0	90.0	0.00		$Pm\overline{3}m$
	$CSIO_3$	trigonal	6.6051	6.6051	8.087	90.0	90.0	120	4.2	296	$R3m$
$A_2B_4O_3$	$BaFeO_3$	hexagonal	5.68	5.68	13.86	90.0	90.0	120	0.00	160	$P63/mmc$
	$BaZrO_3$	cubic	4.18	4.18	4.18	90.0	90.0	90.0	4.79	5	$Pm\overline{3}m$
	$BaTiO_3$	cubic	4.009	4.009	4.009	90.0	90.0	90.0	4.68	405	$Pm\overline{3}m$
		tetragonal	3.992	3.992	4.035	90.0	90.0	90.0	4.73	278	$P4mm$
		orthorhombic	5.668	5.683	3.976	90.0	90.0	91.0	5.06	183	$Amm2$

Tabela .II.1. estrutura de muitos perovskitas de óxido

III. Síntese de perovskitas

Na produção de pós cerâmicos de qualidade superior para tecnologias avançadas, a indústria cerâmica está a tornar-se um dos sectores mais importantes e em rápida expansão. Em particular, haverá um grande interesse na criação de pós cerâmicos finos com qualidades excepcionais e invulgares. Relativamente às características estruturais e físico-químicas dos materiais estruturados de perovskite, os processos de síntese são cruciais. Uma tarefa crucial é a síntese de amostras, que pode ser realizada através de uma variedade de abordagens de síntese [30]. As perovskitas podem ser preparadas em várias formas, como nanocristalina [31], a granel [32], películas finas [33], nanofios [34], nanotubos [35], nanocubos [36], nanobastões [37], etc., consoante as suas aplicações, utilizando abordagens específicas de baixo para cima e de cima para baixo. Existem vários métodos para sintetizar materiais de perovskite em diferentes formas, como a microemulsão por co-precipitação química [38], a irradiação hidrotermal, a irradiação solvotérmica por micro-ondas, a pirólise por pulverização, a deposição química de vapor [39], etc. A abordagem de auto-combustão sol-gel para a obtenção de massa e nanopartículas do $BaTiO_3$ sólido é aqui destacada com uma breve explicação da reação em estado sólido.

Os materiais de perovskite do tipo titanato de cálcio ($CaTiO_3$)oferecem características físicas fascinantes e excepcionais que têm sido investigadas exaustivamente para utilização tanto em modelação teórica como em aplicações no mundo real. Devido à sua estrutura extremamente estável, abundância de compostos, diversidade de características e várias aplicações úteis, os óxidos inorgânicos do tipo perovskite são nanomateriais fascinantes com uma vasta gama de utilizações. As aplicações actuais destes sólidos incluem a eletrónica, a geofísica, a astronomia, o nuclear, a ótica, a medicina, o ambiente, etc. [39].

10

As perovskitas são úteis para muitas aplicações diferentes, dependendo das propriedades distintivas acima mencionadas, incluindo condensadores de película fina, memórias não voláteis, células fotoelectroquímicas, aplicações de gravação, cabeças de leitura em discos rígidos, dispositivos spintrónicos, aplicações laser, para janelas para bloquear raios infravermelhos a alta temperatura, aplicações de aquecimento a alta temperatura (revestimentos de barreira térmica), filtros de frequência para tecnologia sem fios, memórias não voláteis e dispositivos spintrónicos.

- **objectivos actuais da investigação**

Embora as células solares de perovskite, incluindo os tandems de perovskite sobre silício, estejam a ser comercializadas por dezenas de empresas em todo o mundo, há ainda desafios científicos e técnicos fundamentais a ultrapassar que podem melhorar o seu desempenho, fiabilidade e capacidade de fabrico.

Alguns investigadores da perovskite continuam a aumentar a eficiência da conversão através da caraterização dos defeitos da perovskite. Embora os semicondutores de perovskite sejam notavelmente tolerantes aos defeitos, estes continuam a afetar negativamente o desempenho, em especial os que ocorrem na superfície da camada ativa. Outros investigadores estão a explorar novas formulações químicas de perovskite, tanto para ajustar as suas propriedades electrónicas para aplicações específicas (como pilhas de células em tandem), como para melhorar a sua estabilidade e vida útil.

Os investigadores estão também a trabalhar em novas concepções de células, novas estratégias de encapsulamento para proteger as perovskites do ambiente e para compreender as vias básicas de degradação, de modo a que os estudos de envelhecimento acelerado possam ser utilizados para prever o tempo de vida das células solares de perovskite nos telhados. Outros estão a explorar rapidamente uma variedade de processos de fabrico, incluindo a

11

forma de adaptar as "tintas" de perovskite a métodos de impressão estabelecidos em grande escala. Por último, embora as perovskitas mais eficientes atualmente sejam fabricadas com uma pequena quantidade de chumbo, os investigadores estão também a explorar composições alternativas e novas estratégias de encapsulamento para atenuar as preocupações com a toxicidade do chumbo.

IV.   Classes e aplicações de óxidos de perovskite

Com base nas suas propriedades, podem ser agrupados da seguinte forma. [40], [41] [40-46]

1.   Óxidos magnéticos :

As propriedades magnéticas e electrónicas dos materiais do tipo perovskite são complementares entre si, uma vez que são frequentemente características dos metais de transição nos seus sítios B. O comportamento magnético das perovskitas tem origem na localização **de d-electrões** nos metais de transição e nos correspondentes spins localizados. Em geral, as perovskitas com um metal de transição magnético no seu sítio B sofrem transições paramagnéticas para ferromagnéticas, ou antiferromagnéticas, ou ferrimagnéticas à temperatura de Curie (T_c), que é frequentemente acompanhada por uma transição de isolador para metal. A transição magnética acima referida dos materiais de perovskite tem origem principalmente na ordenação de cargas e na ordenação orbital. As características magnéticas, em geral, são também observadas nos óxidos de perovskite. Por exemplo, a magnetorresistência colossal, a separação de fases electrónicas, a multiferroicidade, o comportamento de spin-glass e o spin canting são algumas das características dos óxidos que se observam nos materiais estruturados em perovskite. Contudo, nos materiais estruturados em perovskite, estas características são altamente sensíveis à temperatura e aos dopantes. Muitas perovskitas transformam-se em fases metálicas paramagnéticas a altas temperaturas; no entanto, não mostram qualquer dependência da temperatura na suscetibilidade magnética.

13

Principalmente à base de Mn, que recentemente demonstrou uma magnetorresistência colossal. Estão a ser consideradas várias aplicações para esta propriedade espantosa, principalmente em relação às tecnologias de armazenamento magnético. A tecnologia MR baseia-se num efeito magnetocalórico (MCE), que é definido como uma tendência de certos materiais para aquecerem quando colocados num campo magnético e arrefecerem quando o campo magnético é removido [47].

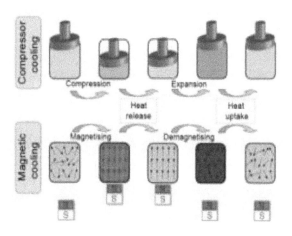

Figura .IV. Comparação esquemática de um compressor clássico e de um processo inovador de arrefecimento magnético [47]

2. Óxidos ferroeléctricos:

A maioria dos cristais piroeléctricos tem uma polarização espontânea PS em certas gamas de temperatura e o sentido desta PS pode ser invertido pela aplicação de uma corrente eléctrica. certas gamas de temperatura e o sentido desta PS pode ser invertido pela aplicação de um campo elétrico externo. Estes cristais são designados por cristais ferroeléctricos. Um material ferroelétrico tem um momento dielétrico permanente. Isto significa que, mesmo na ausência de um campo elétrico aplicado, o centro de gravidade

14

das cargas positivas não coincide com o das cargas negativas, resultando na existência de um momento dielétrico permanente. O termo ferroelétrico deve-se à analogia entre o comportamento elétrico destes compostos e o comportamento magnético dos compostos ferromagnéticos, em particular das ferrites, pelo que existe uma semelhança entre a ferroeletricidade e o ferromagnetismo. Ambos exibem histerese (dependendo do campo magnético ou elétrico aplicado), que desaparece acima de uma temperatura acima de uma temperatura chamada temperatura de Curie, em referência ao magnetismo. magnetismo. A fase ferroeléctrica é um estado especial com uma polarização remanente que pode ser invertida pela aplicação de um campo elétrico externo. A reversibilidade da polarização é considerada um caso especial de reorientação da polarização.

Inicialmente, os materiais ferroeléctricos foram utilizados para desenvolver vários tipos de condensadores [48]. Estes dispositivos são feitos de dieléctricos com uma permissividade muito elevada. Nos últimos anos, têm surgido novas aplicações para os materiais ferroeléctricos em vários domínios. Estas incluem dispositivos "PTCR", isto é, resistências com diferentes coeficientes de temperatura [49], tensores piroeléctricos e piezoeléctricos e dispositivos electro-ópticos [50]. As cerâmicas dieléctricas são também objeto de importantes estudos de desenvolvimento. desenvolvimento. Estes incluem ressonadores dieléctricos, substratos multicamadas para substratos rápidos para circuitos de alta velocidade, proteção contra dispositivos de micro-ondas, absorvedores de micro-ondas para circuitos furtivos e mesmo sinterização por micro-ondas.

3. Óxidos supercondutores:

A altas temperaturas críticas, a sua compreensão continua a ser um desafio para os físicos da matéria condensada. físicos da matéria condensada. De facto, o mecanismo subjacente à elevada temperatura crítica continua a ser ferozmente debatido. Apesar das grandes esperanças depositadas nas potenciais aplicações destes materiais, só recentemente foram cumpridos os critérios necessários para o início da utilização industrial.

Quando arrefecidos abaixo de uma temperatura crítica específica, certos materiais exibem o fenómeno da supercondutividade, que resulta numa resistência eléctrica exatamente nula e na expulsão de campos de fluxo magnético [51]. Uma vasta família de materiais com uma variedade de características físicas cruciais é conhecida como perovskitas de óxido. Em particular, esta forma de estrutura perovskítica oferece uma excelente base estrutural para a presença de supercondutividade. Os exemplos mais conhecidos de perovskitas supercondutoras são os óxidos de cobre de alta Tc, embora existam também outros [52]. Historicamente, muitos materiais supercondutores provêm de compostos intermetálicos, mas os óxidos de perovskite têm vindo a ofuscar a sua existência. Sweedler et al. analisaram a supercondutividade dos bronzes de tungsténio [53]. Descobriu-se que os bronzes feitos de césio, sódio, potássio, rubídio e tungsténio são supercondutores. Três amostras de titanato de estrôncio reduzido foram examinadas por Schooley e colegas para medir as transições supercondutoras [54]. Os cristais reduzidos foram produzidos por aquecimento durante um longo período de tempo num vácuo entre 105 e 107 mm Hg. As transições ocorreram a temperaturas respectivas de 0,25 K e 0,28 K. Além disso, foi descoberta a supercondutividade nos sistemas de fases reduzidas BaxSr1-xTiO3 e CaySr1-yTiO3 quando x ≤ 0,1 e y ≤ 0,3 [55]. Os supercondutores classificados como "Tipo 2″ são constituídos por compostos e ligas metálicas (com exceção dos elementos vanádio, tecnécio e nióbio). Este grupo de Tipo 2 inclui as cerâmicas de óxido metálico "perovskites" supercondutoras recentemente descobertas, que normalmente têm uma relação de 2 átomos

16

de metal para cada 3 átomos de oxigénio. Estas superam os supercondutores do tipo 1 em termos de temperatura de transição Tc por um mecanismo que ainda não é totalmente compreendido [56]. A descoberta de que o Ba(Pb,Bi)O3 tinha uma Tc de 13 K em 1973 por uma equipa de investigação da DuPont levou ao desenvolvimento do primeiro dos supercondutores de óxido [57].

4. Óxidos piezoeléctricos :

Certos cristais tornam-se eletricamente polarizados (isto é, aparecem cargas eléctricas nas suas superfícies) quando sujeitos a tensão. Este fenómeno, descoberto em 1800 por Pierre e J. Curie, é designado por efeito piezoelétrico e os cristais são conhecidos como cristais piezoeléctricos. O efeito inverso - que estes cristais ficam tensos quando polarizados - também foi observado. As tensões piezoeléctricas são muito pequenas e os campos eléctricos correspondentes são muito grandes. No Quartzo, por exemplo, um campo de 1000 V/cm produz uma deformação da ordem de 107 . Por outro lado, pequenas deformações podem produzir grandes campos eléctricos. Para compreender a origem do efeito piezoelétrico, é necessário analisar a distribuição das cargas iónicas de um cristal em torno dos seus sítios na rede. Normalmente, a distribuição é simétrica e o campo elétrico interno é nulo. Mas quando o cristal é sujeito a tensões, as cargas são deslocadas. Num cristal piezoelétrico, esta deslocação distorce a distribuição original de cargas de tal forma que deixa de ser simétrica - no caso de um cristal de quartzo. Nestes cristais, e quando se observa o efeito piezoelétrico, obtém-se uma polarização líquida. Noutros cristais, por outro lado, a distribuição de cargas mantém a sua simetria mesmo após o deslocamento - para um cristal não piezoelétrico. Estes cristais não apresentam polarização líquida e, portanto, não apresentam efeito piezoelétrico [58]. Segue-se que o efeito piezoelétrico está relacionado com a simetria do cristal. O elemento de

17

simetria envolvido é essencialmente o centro de inversão. Um cristal pode exibir efeito piezoelétrico somente se sua célula unitária não tiver um centro de inversão. Isso ocorre porque, quando não há centro de inversão, somente então a distribuição de cargas é distorcida de modo a produzir polarização. No entanto, se o centro de inversão estiver presente, não há distorção de carga e, portanto, não há polarização. Pode provar-se que, das **32** classes **de cristais, 21 são não centro-simétricas**, mas como uma destas **21** é **altamente simétrica** noutros aspectos, é excluída piezoelectricamente, restando apenas **20** classes **piezoeléctricas**. No entanto, todos os cristais pertencentes a estas **20 classes não são observáveis como piezoeléctricos** - em alguns cristais os efeitos piezoeléctricos são demasiado pequenos para serem detectáveis. Assim, a ausência de centro de inversão é uma condição necessária mas não suficiente para garantir a piezoeletricidade. O efeito piezoelétrico é amplamente utilizado para converter a energia eléctrica em energia mecânica e vice-versa, ou seja, as substâncias piezoeléctricas são utilizadas como transdutores electromecânicos. Por exemplo, quando um sinal elétrico é aplicado a uma extremidade de uma barra de quartzo, as variações de tensão geradas na barra em consequência do efeito propagam-se para baixo da barra, constituindo o que se designa por onda mecânica ou onda acústica. Outra aplicação importante dos piezoeléctricos é a sua utilização como osciladores altamente estáveis para controlo de frequência [59]. Se um cristal de quartzo for submetido a uma tensão alternada numa das suas frequências de ressonância, os cristais sofrerão expansão e contração alternadamente em consequência do efeito e, assim, as oscilações dos cristais serão estabelecidas. A frequência destas oscilações depende das dimensões da amostra e das constantes elásticas do material e é estável. Para este efeito, são geralmente utilizados discos de quartzo especialmente cortados.

18

O fenómeno da piezoeletricidade foi descoberto há pouco mais de cem anos pelos irmãos Curie, Pierre e Jaques. Nestes cem anos, a ciência da piezoeletricidade progrediu de forma irregular. Períodos de progresso rápido foram seguidos por períodos de desenvolvimento lento e, por vezes, até por períodos de ausência de desenvolvimento (aliás, isto é caraterístico de todos os ramos da ciência). Sempre que a piezoeletricidade pareceu estar esgotada como ciência, a descoberta de novos efeitos piezoeléctricos ou de novos materiais piezoeléctricos iniciou uma nova fase de desenvolvimento rápido e abriu novas áreas para a aplicação da piezoeletricidade. Atualmente, a piezoeletricidade está a ter um grande ressurgimento, tanto na investigação fundamental como nas aplicações técnicas. A piezoeletricidade é uma das propriedades básicas dos cristais, cerâmicas, polímeros e cristais líquidos. Existem várias formas de descrever o efeito piezoelétrico [60]. Talvez a definição mais comum seja a de que um material é piezoelétrico se a aplicação de uma tensão mecânica externa provocar o desenvolvimento de um deslocamento dielétrico interno. Devido à forma como a tensão elástica e o deslocamento dielétrico se transformam durante a rotação do eixo de coordenadas (Figura IV.4.1), as constantes piezoeléctricas que descrevem a relação linear formam um tensor de terceira ordem. Apresenta-se a seguir uma formulação matemática simplificada do efeito piezoelétrico. Os textos que tratam mais detalhadamente o efeito piezoelétrico e o efeito de Converse podem ser consultados. É de notar que o efeito piezoelétrico está fortemente ligado à simetria dos cristais. Todos os cristais estão organizados em 32 grupos de pontos. Os cristais que pertencem aos 11 grupos de pontos de simetria central não podem apresentar um efeito piezoelétrico. Os cristais pertencentes ao grupo de pontos não centro-simétricos O também não apresentam um efeito piezoelétrico. Quase todos os outros cristais não metálicos pertencentes aos restantes 20 grupos de pontos exibem um efeito

19

piezoelétrico de alguma magnitude, embora alguns dos efeitos sejam muito pequenos.

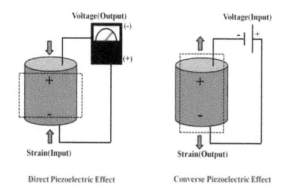

Figura IV.4.1. Efeito piezoelétrico.

IV.4.1. Vantagens e Desvantagens Piezoeléctricas.

Em comparação com outros componentes electrónicos, os dispositivos piezoeléctricos têm várias vantagens, bem como algumas desvantagens. As suas vantagens incluem os seguintes aspectos:

- **Não é necessária uma fonte de alimentação externa:** Graças à sua capacidade para produzir uma tensão quando sujeitos a uma força, os materiais piezoeléctricos não necessitam de uma fonte de alimentação externa.

- **Fácil instalação:** Com dimensões reduzidas, adaptam-se perfeitamente e são facilmente instalados em dispositivos electrónicos de alta densidade.

- **Capacidade de resposta a altas frequências:** Em comparação com outros dispositivos, os materiais piezoeléctricos têm uma resposta de frequência substancialmente mais elevada - o que os torna extremamente sensíveis mesmo nas situações mais exigentes.

- **Materiais altamente flexíveis:** A maioria dos materiais piezoeléctricos pode ser construída numa grande variedade de formas e tamanhos, pelo que são muito úteis em várias aplicações e campos.

Os materiais piezoeléctricos também apresentam as seguintes limitações ou desvantagens:

- **Pequena quantidade de carga eléctrica:** Embora sejam auto-geradores, os materiais piezoeléctricos produzem cargas eléctricas bastante pequenas, o que significa que é necessário um cabo de alta impedância para os ligar a uma interface eléctrica.

- **As condições ambientais afectam o desempenho:** Os materiais piezoeléctricos são afectados pela temperatura e pelas alterações de humidade. Além disso, quando estão em estado estático, não podem medir o rendimento.

- **A potência é relativamente baixa:** Embora alguns materiais piezoeléctricos produzam mais potência do que outros, todas elas são relativamente baixas. Para otimizar a sua utilização, é frequentemente necessário um circuito externo.

IV.4.2.Sensores piezoeléctricos em aplicações industriais.

O sector industrial emprega frequentemente sensores piezoeléctricos para uma variedade de utilizações. Algumas utilizações comuns e quotidianas incluem:

Sensores de detonação do motor . Os fabricantes de motores estão constantemente a enfrentar desafios relacionados com o controlo dos parâmetros do motor. Em circunstâncias erradas, os motores a gasolina são susceptíveis a um fenómeno indesejável conhecido como detonação. Quando a detonação ocorre, a carga de ar/combustível explode em vez de arder suavemente, danificando assim o motor. Historicamente, é por esta razão que

21

a maioria dos fabricantes concebeu motores com margens de funcionamento conservadoras em detrimento da eficiência - foi para evitar este problema notório.

Com o desenvolvimento de melhores sistemas de controlo, os parâmetros relevantes do motor podem ser ajustados em tempo real para maximizar a eficiência e a potência. Se começar a ocorrer detonação, podem ser utilizados sensores de detonação piezoeléctricos para detetar a detonação antes de esta se tornar problemática. Isto dá tempo aos sistemas de controlo para efectuarem os ajustes necessários.

Sensores de pressão Em quase todas as aplicações que requerem a medição de alterações dinâmicas de pressão, a utilização de sensores de pressão piezoeléctricos produz resultados mais fiáveis do que a utilização de sensores de pressão electromecânicos convencionais. Isto deve-se ao facto de os dispositivos piezoeléctricos terem uma resposta de alta frequência e conversão de sinal sem necessitarem de foles, diafragmas ou qualquer tipo de ligação mecânica em conjunto com um strain gage ou sensor de deslocamento.

Equipamentos de sonar . dependem extensivamente de sensores piezoeléctricos para transmitir e receber "pings" ultra-sónicos na gama 50-200kHz. Para além de terem uma resposta de frequência ideal para tais aplicações, os transdutores piezoeléctricos têm uma elevada densidade de potência que permite a transmissão de grandes quantidades de potência acústica a partir de um pequeno invólucro. Por exemplo, um transdutor com apenas 4" (100 mm) de diâmetro pode ser capaz de suportar uma potência de saída superior a 500 watts.

- Utilizações de Actuadores Piezoeléctricos em Aplicações Industriais :

Embora os sensores piezoeléctricos sejam muito valiosos para o sector industrial, a indústria também utiliza actuadores piezoeléctricos para uma variedade de aplicações:

22

Injectores de combustível diesel - Na última década, os regulamentos sobre as emissões dos motores diesel tornaram-se cada vez mais rigorosos. Além disso, os clientes continuam a exigir motores mais silenciosos com curvas de potência e binário melhoradas. Para satisfazer estas exigências rigorosas em termos de conformidade e desempenho, os fabricantes de motores recorreram à utilização de injecções de combustível precisamente temporizadas e doseadas durante o processo de combustão.

Por mais incrível que isto possa parecer, um único injetor de combustível pode ligar e desligar o fluxo de combustível com pressões superiores a 1800 bar (26 000 psi) várias vezes em rápida sucessão durante um único curso de potência. Este controlo preciso do fluido a alta pressão é possível através da utilização de actuadores piezoeléctricos que controlam pequenas válvulas nos injectores de combustível.

Solenóides de resposta rápida - Alguns processos requerem uma atuação mecânica rápida e precisa que é difícil, se não impossível, de conseguir com solenóides electromagnéticos. Embora a velocidade nem sempre seja uma preocupação, o consumo de energia ou a compactação do tamanho é uma prioridade máxima. Nesses casos, os actuadores piezoeléctricos conseguem muitas vezes preencher o nicho, uma vez que proporcionam uma resposta rápida e um baixo consumo de energia em pequenas embalagens, em comparação com os solenóides electromagnéticos.

Ajuste ótico - Algumas ópticas precisam de ser ajustadas ou moduladas com uma resposta de frequência alargada e com um número mínimo de peças móveis. Os actuadores piezoeléctricos são frequentemente utilizados em tais aplicações, proporcionando um controlo rápido e preciso durante uma longa vida útil:

- O ângulo de um espelho ou de uma grelha de difração pode ter de variar com precisão em função de uma entrada eléctrica. Estas aplicações são frequentemente encontradas em experiências ópticas ou físicas.

23

- Os conjuntos de telescópios terrestres estão sujeitos a distorções atmosféricas e as ópticas das naves espaciais estão sujeitas a movimentos e vibrações. Nestes casos, a ótica pode ter de ser ajustada (moldada ou contornada) em tempo real através de um sistema de controlo. Isto permitirá compensar as aberrações que, de outro modo, impediriam a resolução da imagem.

- Alguns conversores de fibra ótica baseiam-se em actuadores piezoeléctricos para modular a saída de um laser.

Limpeza por ultra-sons - piezoeléctricos Actuadores . são também utilizados para aplicações de limpeza por ultra-sons. Para realizar a limpeza por ultra-sons, os objectos são imersos num solvente (água, álcool, acetona, etc.). Um transdutor piezoelétrico agita então o solvente. Muitos objectos com superfícies inacessíveis podem ser limpos com esta metodologia.

Soldadura por ultra-sons Muitos plásticos podem ser unidos através de um processo conhecido como soldadura por ultra-sons. Este tipo de processo requer que as ondas ultra-sónicas sejam transmitidas para uma área específica, onde podem fazer com que os pedaços de plástico se fundam. Frequentemente, são utilizados actuadores piezoeléctricos para realizar esta tarefa.

Motores piezoeléctricos Uma vantagem da utilização de materiais piezoeléctricos é que as suas características são precisas e previsíveis. Assim, a expansão e a contração de um atuador piezoelétrico podem ser controladas com precisão, desde que a tensão de alimentação seja controlada. Alguns projectos de motores tiram partido deste facto, utilizando elementos piezoeléctricos para mover um rotor ou um elemento linear em incrementos precisos. É possível obter uma precisão da ordem dos nanómetros com alguns modelos de motores piezoeléctricos. Os motores piezoeléctricos funcionam numa vasta gama de frequências, mas normalmente funcionam melhor numa gama de baixas frequências.

Para além da sua precisão inerente, os motores piezoeléctricos podem ser utilizados em ambientes com fortes campos magnéticos ou temperaturas criogénicas - ambientes onde é pouco provável que os motores convencionais funcionem. Estes desafios únicos estão presentes em máquinas NMRI, aceleradores de partículas e outros ambientes semelhantes.

Actuadores empilhados . Vários elementos piezoeléctricos podem ser empilhados para multiplicar o deslocamento obtido para uma determinada tensão. Estes tipos de dispositivos são conhecidos como actuadores de pilha, e são utilizados numa variedade de aplicações especiais. Em comparação com os actuadores electromagnéticos convencionais, os actuadores de pilha têm as seguintes vantagens únicas:

- Podem funcionar a temperaturas criogénicas ou em ambientes com fortes campos magnéticos.

- Podem produzir uma grande quantidade de força numa pequena embalagem

- Podem responder quase instantaneamente a estímulos com elevadas taxas de aceleração.

- Podem atingir graus de precisão extremamente elevados.

- Só consomem energia quando o trabalho está realmente a ser realizado.

Estes actuadores são utilizados em válvulas de dosagem, relés eléctricos, modulação ótica, amortecimento de vibrações e outras aplicações que requerem um controlo rápido ou preciso do movimento.

Actuadores de banda . Duas tiras de material piezoelétrico podem ser ensanduichadas numa configuração semelhante a uma tira bimetálica. Nesta configuração, a entrada eléctrica faz com que uma tira se expanda enquanto a outra tira se contrai simultaneamente, causando uma deflexão.

Relés Piezoeléctricos. Os elementos piezoeléctricos podem ser implementados para acionar relés electromecânicos ou interruptores. Para estas aplicações, podem ser utilizados actuadores de banda ou actuadores de pilha para abrir e fechar contactos eléctricos. Estes dispositivos não necessitam de manutenção e duram muitos ciclos sem desgaste percetível. Como benefício adicional, a utilização de actuadores piezoeléctricos para operar contactos eléctricos permite um controlo rápido e preciso em pequenos pacotes que são difíceis ou impossíveis de obter com relés electromagnéticos.

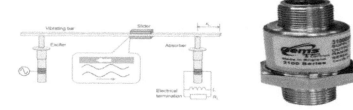

Figura **IV.4**.2. Motor de ondas progressivas.

Figura IV.4.3.
Um sensor de pressão piezoelétrico.

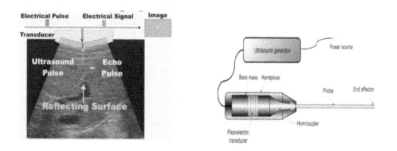

Figura IV.4.4. Actuadores piezoeléctricos de pilha.
Procedimentos ultra-sónicos.

Figura IV.4.5.

5. Óxidos piroeléctricos :

A piroeletricidade é um fenómeno conhecido desde a antiguidade, tendo sido descrito pela primeira vez em 314 a.**C.** pelo filósofo grego Teofrasto no seu tratado "Sobre as Pedras".1. Ele observou que a pedra lyngourion (muito provavelmente o mineral turmalina) fica carregada quando aquecida, atraindo assim pedaços de serradura ou palha. No início do século XVIII, J. G. Schmidt descreveu a experiência de lapidadores holandeses de que a turmalina tinha a propriedade não só de atrair as cinzas dos carvões quentes ou a arder, como um íman faz com o ferro, mas também de as repelir de novo, pouco a pouco.2 Estas duas observações já descrevem o comportamento básico dos materiais piroeléctricos quando respondem ao fluxo de calor3 - geração de carga quando a temperatura muda, seguida de desaparecimento gradual da carga, se a temperatura se mantiver a um nível constante. Em uma definição rigorosa, entendemos a piroeletricidade como a dependência da temperatura da polarização espontânea PS no cristal, com PS representando o momento de dipolo por unidade de volume do material [62].

A piroeletricidade é a capacidade de um material gerar uma tensão eléctrica quando aquecido ou arrefecido. Muitos óxidos de perovskite são piroeléctricos, por exemplo LiTaO3 BaxSr1-xTiO3, PbTiO3 As principais aplicações são pirodetectores, geradores piroeléctricos piroeléctricos.

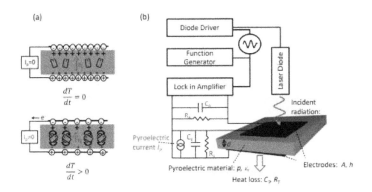

Figura IV.5.1. efeito para um material com uma dada polarização espontânea

27

Figura IV.5.1 (a). Esquema que ilustra o efeito piroelétrico para um material com uma dada polarização espontânea PS (desenhado a azul) constituído por dipolos individuais (cristalitos, domínios) ensanduichados entre eléctrodos (desenhados a preto). Para uma temperatura constante e, portanto, uma PS constante, as cargas ligadas à superfície do material são compensadas por cargas acumuladas nos eléctrodos. Para uma temperatura crescente, a PS é levada a diminuir à medida que os momentos de dipolo, em média, diminuem de magnitude. Esta diminuição da PS é representada na imagem inferior pela inclinação horizontal dos dipolos juntamente com um aumento da amplitude de vibração. Uma corrente flui dos eléctrodos para compensar a mudança na carga ligada que se acumula nas bordas do cristal.

O TGS e os seus isomorfos têm coeficientes piroeléctricos muito elevados ($p \sim -350$ μC/m2K) e, devido à sua baixa permissividade, também FOMs de tensão muito grandes (FV $\sim 0,5$ m2/C e FV,sink ~ 3300 kV/W); no entanto, não são muito estáveis devido à sua tendência para absorver (e mesmo dissolver-se em) água e à sua fragilidade mecânica. Além disso, a temperatura de Curie Tc do TGS é muito baixa (49°C), o que limita fortemente a sua aplicabilidade. Descobriu-se que a dopagem dos cristais de TGS com l-alanina durante o seu crescimento (processo LATGS patenteado pela Philips) estabiliza o material abaixo da temperatura de Curie (que foi aumentada para 60 °C).[41] Isto permite a sua utilização como detetor de radiação IR de alta sensibilidade à temperatura de funcionamento superior de 55 °C, que é suficiente para muitas aplicações (detectores de um único elemento, vidicons). [16] O LiTaO3 tem um coeficiente piroelétrico comparativamente elevado $p \sim -200$ μC/m2K, FOMs razoavelmente grandes (FV $\sim 0,16$ m2/C e FV,sink ~ 120 kV/W), é insensível à humidade e tem uma temperatura de Curie (> 600°C) e um ponto de fusão elevados. Por conseguinte, é mais atraente do que o germanato de chumbo, que tem maiores FOM (FV ~ 0,17 m2/C e FV,sink ~ 530 kV/W) mas uma Tc bastante baixa de 180 °C ou os niobatos, que têm coeficientes piroeléctricos elevados mas também valores de permissividade elevados, resultando assim em FOM bastante baixos. Estes factores fazem do LiTaO3 um dos piroeléctricos mais estáveis, com uma gama de temperaturas de funcionamento muito ampla, utilizável também em aplicações espaciais. 14 Para maximizar a capacidade de resposta da tensão piroeléctrica, é necessário minimizar a massa térmica do material piroelétrico, o que normalmente se consegue diminuindo a sua espessura e a sua condutividade térmica. No caso dos piroeléctricos monocristalinos, a diminuição da espessura é um processo complicado e dispendioso, que inclui a clivagem e o polimento, o que limita a área do detetor que pode ser atingida. Os materiais piroeléctricos de perovskite cerâmicos, como o PbTiO3 ou o PZT, são mais fáceis de fabricar sob a forma de películas finas (por exemplo, por fundição por rotação em sol-gel 42), mas têm normalmente constantes dieléctricas muito elevadas e uma elevada condutividade térmica, o que limita os FOM de tensão piroeléctrica (FV < 0,05 m2/C e FV,sink < 70 kV/W). Embora o polímero semicristalino PVDF e o seu copolímero PVDF-TrFE (razão VDF:TrFE variando entre 50:50 e 80:20) tenham coeficientes piroeléctricos comparativamente baixos (p ~-25 a -40 µC/m2K)22,7 em comparação com cerâmicas e cristais, as suas baixas constantes dieléctricas resultam em valores de FOM muito elevados (FV ~ 0,1-0,2 m2/C e FV,sink < 3500 kV/W). A baixa condutividade térmica destes polímeros, em particular, implica uma elevada resolução lateral e uma pequena interferência de sinal, o que os recomenda como materiais piroeléctricos para detectores de grande área e matrizes de imagem térmica.

IV.5.4.Aplicação da piroeletricidade a dispositivos flexíveis.

Os materiais piroeléctricos a granel e em película fina foram discutidos acima para aplicações PyEH, tais como sensores de calor, sensores de imagem térmica ou de infravermelhos, alarmes de incêndio e sensores de gás. A seleção dos materiais é realizada com base nos FoM para estas aplicações, ou seja, F_v, F_i, F_E e k^2, uma vez que estes já foram discutidos anteriormente nas secções anteriores. Esta secção centrar-se-á principalmente nas aplicações dos materiais piroeléctricos como captadores e sensores de energia.

- Colhedores de energia flexíveis

De entre os dispositivos PyEH relatados, os dispositivos flexíveis de captação de energia têm suscitado grande interesse devido ao seu potencial ilimitado para aplicações como dispositivos vestíveis e plantáveis no corpo humano [63,64,65,66,67]. Vários materiais ferroeléctricos, como PMN-PT, PLZT e polímeros (por exemplo, PVDF-TrFE), foram investigados e demonstrados com sucesso para tais aplicações. Entre estes materiais funcionais, os polímeros, com as suas propriedades biocompatíveis, flexíveis e leves e de baixo custo, são altamente desejados. Por exemplo, o PVDF possui propriedades piroeléctricas e piezoeléctricas, o que o torna uma excelente escolha para o fabrico de células de energia híbridas flexíveis. Além disso, o PVDF tem despertado muito interesse na comunidade científica para estas aplicações devido às suas propriedades mecânicas melhoradas, ao seu efeito geométrico e à sua elevada sensibilidade a pequenas tensões ou deformações mecânicas. You et al. [63] demonstraram um nanogerador híbrido (piezoelétrico e piroelétrico) flexível e auto-alimentado baseado numa membrana de nanofibras não tecidas (composta por polímero PVDF) (Figura IV.5.1). A estrutura do nanogerador híbrido flexível inclui membranas de nanofibras de PVDF electrofiadas (NFM), um compósito NFM-nanotubos de carbono (CNT) de poliuretano termoplástico (TPU) e um NFM condutor de poli(3,4-etilenodioxitiofeno):poli(sulfonato de estireno)-polivinilpirrolidona (PEDOT:PSS-PVP) electrofiado. O TPU NFM-CNT flexível foi utilizado como substrato e também como elétrodo para melhorar a flexibilidade do dispositivo. Para o elétrodo superior flexível, foi utilizado o NFM condutor PEDOT:PSS-PVP. O autor examinou a tensão de saída dos dispositivos quando sujeitos a tensões mecânicas (operações de compressão e flexão) e a mudanças de temperatura (fluxos de ar frio e quente) individualmente e simultaneamente.

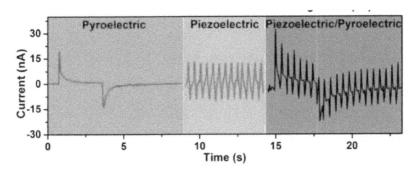

Figura IV.5.1.os resultados dos efeitos piroelétrico, piezoelétrico e de simulação) [63].

6. Óxidos electro-ópticos :

O efeito electro-ótico de certos materiais de perovskite resulta na modificação da propagação de uma onda electromagnética no material. propagação de uma onda electromagnética no material.

materiais ((Pb,La)(Zr,Ti)O3). Este efeito é aplicado a dispositivos de guia de ondas, de microespelhos deformáveis e de duplicação de frequências.

V.   Resultados e discussão

V.1. Método computacional e pormenores

Utilizámos o método de onda plana linearizada aumentada FP-LAPW implementado no código WIEN2k [68]. Os efeitos de troca e correlação foram tratados pelas duas aproximações seguintes: aproximação de gradiente generalizada desenvolvida por Perdew-Burke-Ernzerhof (GGA- PBE) [69] com o objetivo de subestimar os intervalos de energia, e potencial de Becke-Johnson modificado (mBJ) [70] . Para prever melhor as propriedades electrónicas e fornecer os melhores intervalos de energia com uma precisão mais próxima da experimental.

As simulações DFT têm sido aprovadas como uma ferramenta exacta e consistente para o tratamento de muitos problemas físicos no domínio da física da matéria condensada. Os avanços na tecnologia informática e os algoritmos melhorados tornaram possível a simulação de grandes sistemas com 100 ou mais átomos numa célula unitária. Estas técnicas estão também a ser utilizadas para resolver um grande número de problemas do mundo real. O sucesso deste método é notável na explicação, reprodução e previsão de uma grande variedade de fenómenos materiais. Exemplos específicos incluem as primeiras previsões de transições de fase no silício a alta pressão [71], a determinação de geometrias de adsorção estáveis e metaestáveis em superfícies metálicas [72], a dependência da composição do comportamento magnético induzido pela pressão na perovskite [73], bem como numerosos sucessos na compreensão das propriedades optoelectrónicas e magneto-ópticas de vários compostos. Na conferência da American Physical Society de 1920, em Washington, foi introduzido o fenómeno da ferroeletricidade através da existência de polarização espontânea no sal de Seignette por Joseph Valasek, cuja versão completa foi publicada em janeiro de 1921 na revista Physical Review [74]. O termo ferroeletricidade, escolhido por analogia com o ferromagnetismo, foi introduzido entre 1935 e 1940 por Hans Muller através de um estudo teórico fenomenológico completo da ferroeletricidade no sal de Seignette [75]-[77].

Hoje em dia, muitos materiais são estudados pelas suas propriedades ferroeléctricas, mas foi a Segunda Guerra Mundial e a falta de fornecimento de mica, muito utilizada na tecnologia militar, que motivou o estudo do titanato de bário BaTiO3 [78]. A descoberta das suas propriedades cativou a comunidade científica mundial [79]-[80], criando um boom na investigação de materiais ferroeléctricos [81], e em particular de materiais ferroeléctricos com estrutura de perovskite. Trabalhos recentes [83]-[85]-[87] mostraram como uma redução da espessura da camada ferroeléctrica e uma engenharia judiciosa das estruturas de domínio e das interfaces ferroelétrico-electrodo podem aumentar significativamente a corrente colhida dos materiais absorventes ferroeléctricos, aumentando assim a eficiência da conversão de energia de cerca de 10^{4-} para cerca de 0,5 por cento. Outras melhorias na eficiência fotovoltaica têm sido dificultadas pelos largos intervalos de banda (2,7-4 eV) dos óxidos ferroeléctricos, que permitem a utilização de apenas 8-20% do espetro solar. O grande intervalo de banda das pérovskitas ferroeléctricas típicas (com composição ABO3) deve-se às características fundamentais das ligações metal-oxigénio A-O e B-O.

Na terceira secção, são apresentados os resultados e a discussão das várias propriedades estruturais e electrónicas do CaBO3, juntamente com uma comparação com alguns dados experimentais e outros resultados teóricos.

Os parâmetros mais importantes que precisam de ser refinados para descrever perfeitamente os sistemas estudados são: os raios das esferas de muffin-tin (RMT), onde escolhemos Ca: (2,29 u.a), B: (1,50 u.a) e O: (1,74 u.a) respetivamente e o número de k pontos na primeira zona de Brillouin.

Para a integração, K=100 corresponde à obtenção da malha K (4.4.4). Os parâmetros G_{max} , l_{max} e R_{mt} .k_{max} foram considerados iguais a 12, 10, 7. Para a configuração eletrónica, tratámos os estados: Ca: 1s 2s 2p 3s $3p^{2262612}$ 4s 3d[Ar] $4s^2$, B: $1s^2 2s^2 2p^1$, O: $1s^2 2s^2 2p^4$.

A energia de corte que define a separação entre os estados de núcleo e de valência é tomada-6 Ry. Os estados do núcleo são tratados no âmbito do relativismo completo, enquanto os estados de valência são tratados no âmbito do relativismo escalar. Uma vez que se trata de um material semicondutor e não magnético, os efeitos de acoplamento spin-órbita são negligenciados devido ao seu efeito muito pequeno no cálculo das diferentes propriedades.

V.1. Propriedades estruturais .

O $CaBO_3$ estudado é uma perovskita simples que adopta uma estrutura cúbica (a = b = c e α=β=γ=90) no grupo espacial Pnma (nº 62). **fig. 1. mostra** a estrutura do $CaBO_3$.

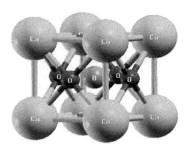

Fig. 1. O octaedro BO6

Para otimizar os parâmetros da célula, a energia em função do volume da célula unitária é investigada. As energias calculadas para o $CaBO_3$ sem ordem magnética. O gráfico da variação da energia total em função do volume para o composto CaBO3 utilizando GGA.

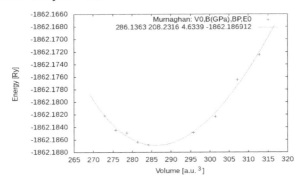

Figura . V.1.1. Energia total do CaBO cúbico$_3$ em função do volume da célula unitária.

Apresentamos na Tabela.1 nossos resultados da otimização do parâmetro de rede a_0 , do módulo de compressão B e sua derivada $\square'$ do CaBO3 na fase cúbica calculados por GGA . Os nossos resultados estão em muito boa concordância.

Os compostos		a_0 (ang)	B_0	B'	E_0 (Ry)
CaBO$_3$	Trabalho atual	3.48	208.23	4.63	-1862.186912

V.2. Propriedades eléctricas .

V.2.1. Estrutura de banda.

A estrutura de bandas representa as energias possíveis de um eletrão em função do vetor de onda. Estas bandas são, portanto, representadas no espaço recíproco e, para simplificar os cálculos, apenas são processadas as direcções das simetrias mais elevadas na primeira zona de Brillouin.

35

Na Figura. **V.2.1.**a e Figura. **V.2.1.**b. a estrutura de bandas de energia por GGA e GGA+TB-mBj , calculada nas direcções de alta simetria da zona de Brillouin . os parâmetros de rede optimizados são usados para calcular as estruturas de bandas do CaBO cúbico$_3$. mostramos que a estrutura de bandas do **CaBO$_3$** tem um comportamento metálico por GGA e GGA+TB-mBj .

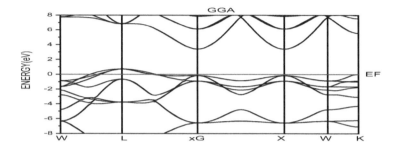

Figura. **V.2.1.**a .estrutura de bandas do perovskite simples **CaBO$_3$** obtida a partir de cálculos GGA.

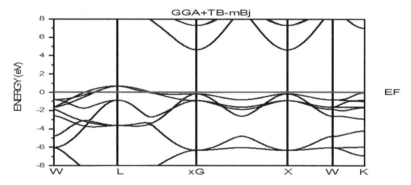

Figura. **V.2.1.**b. Estrutura de bandas do perovskite simples **CaBO$_3$** obtida a partir de cálculos GGA+TB-mBj.

V.2.2.Densidade de estados .

Para obter uma compreensão mais profunda da estrutura de bandas electrónicas em toda a zona de Brillouin, é necessário utilizar curvas de densidade parcial de estados (PDOS) para determinar o carácter

36

predominante de cada região. O nível de Fermi é tomado como a origem das energias. Figura . **V.2.2.1.** ilustra as densidades totais de estados (TDOS) e as densidades parciais de estados (PDOS), respetivamente, deste composto

Ao projetar a energia entre -10 e 8 eV com o nível de Fermi Ef indica por uma linha vertical quebrada presente a origem da energia localizada em 0 eV.

A partir das densidades de estado totais e parciais da perovskita CaBO3, encontramos

por GGA+TB-mBj a existência de uma única região. constituída por regiões no seguinte intervalo de energia: de -10,3 eV a 0,73 eV.

a parte inferior da banda de valência é dominada pelos estados p-O, s-B, p-B e a parte inferior da banda de condução é principalmente devida aos estados s-B, p-B.

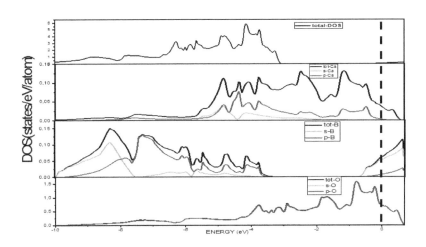

Figura . V.2.2.1. Densidade de estado parcial e total (PDOS e TDOS) do CaBO₃ .

V.3.Propriedades ópticas

As perovskitas emergiram como uma classe revolucionária de materiais
com excelentes

propriedades ópticas e de fotoluminescência. W.J. Merz estudou as
propriedades ópticas de cristais de domínio

único de BaTiO3 a várias temperaturas [88]. O índice de refração do cristal
foi quase constante a 2,4 entre 20 e 90 graus Celsius e atingiu um pico de
2,46 a 120 graus. O índice de refração do BaTiO3 também foi medido por
W.N. Lawless e R.C. De Vries a 5893 na gama de temperaturas de 20-
105°C; acima do ponto Curie, o índice aumentou 1,3 por cento para 2,398 e
manteve-se constante até 160°C [89]. Descobriu-se que o cristal único de
BaTiO3, que tem 0,25 mm de espessura, transmite entre 0,5 μ e 6 μ. Uma
banda de absorção fraca foi identificada perto de 8, e a absorção completa
foi encontrada para comprimentos de onda maiores que 11 μ. Noland
relatou as características ópticas de cristais únicos de titanato de estrôncio
criados durante a
fusão por chama
[90]. A gama de comprimentos de onda em que o coeficiente ótico foi
obtido foi de
0,20-17 μ. De 0,55 μ a 5 μ, foi observada uma transmissão de mais de 70%.
Estes
os cristais têm um índice de refração de 2,407 a 5893 Å, uma constante
dieléctrica de 310 e uma tangente de perda de 0,00025. Linz e Herrington
relataram a densidade ótica do CaTiO3 [91]. Com a exceção de as
absorções serem deslocadas para comprimentos de onda mais curtos, as
propriedades de absorção são notavelmente comparáveis às dos cristais de
SrTiO3. Foram consideradas janelas de infravermelhos de alta temperatura
para o BaTiO3 e o SrTiO3. O SrTiO3 é considerado um material superior

para detectores de infravermelhos que estão opticamente submersos. As combinações detetor-lente são frequentemente arrefecidas a temperaturas de N2 líquido e CO2 sólido para aumentar a sensibilidade.

sólido para aumentar a sensibilidade. Geusic et al. avaliaram as características electro-ópticas do $K(Ta0.65Nb0.35)O3$, $BaTiO3$ e $SrTiO3$ na fase paraeléctrica [92]. Quando as distorções da indicatriz ótica são descritas em termos da polarização induzida, os coeficientes electro-ópticos destas perovskitas são quase constantes com a temperatura e de material para material. Estas experiências demonstraram também a forte ação electro-ótica do $K(Ta0.65Nb0.35)O3$ à temperatura ambiente. Nos últimos anos, tem havido um grande interesse em materiais que podem ser aplicados utilizando lasers.

Os materiais hospedeiros do laser de perovskite são amplamente utilizados. O ião mais frequentemente utilizado para a inserção

em posições cristalográficas algo grandes parece ser o Nd^{3+}. No entanto, são necessários iões compensadores nestas substituições, o que impede a utilização do $LaF3$ como hospedeiro.

Sem iões de compensação, os iões divalentes Tm^{2+} e Dy^{2+} podem ser substituídos em $CaF2$, mas são muito instáveis.

mas são muito instáveis. O Cr^{3+} demonstrou ser o melhor substituto para o Al^{3+} nas suas posições

posições cristalográficas. Estudos recentes têm-se concentrado cada vez mais nas características luminosas dos óxidos do tipo perovskite dopados com iões de terras raras. Os fósforos de oxigénio do tipo perovskite são extremamente estáveis e podem funcionar consistentemente numa variedade de condições. [93-95]. Além disso, descobriu-se que os fósforos de óxido do tipo perovskite são um candidato provável ao ecrã de emissão de campo (FED) e ao plasma.

(PDP) porque são suficientemente condutores para libertar cargas eléctricas nas superfícies das partículas de fósforo [148]. Muitos fósforos de óxido do tipo perovskite

como o A2+B4+O3 (A = Ca, Sr, Ba; B = Ti, Zr, Si, Hf, etc.) são, por conseguinte

Foram realizados estudos sobre a ativação de iões de terras raras, tais como Sm3+, Tm3+, Pr3+, Eu3+, Tb3+, etc. [99-101], e as suas características luminosas foram também objeto de um exame aprofundado. Não há muitas pesquisas sobre fotoluminescência (PL) em zirconatos, particularmente aqueles com regiões de emissão visíveis [102]. Os fósforos de óxidos do tipo perovskite dopados com iões de terras raras, tais como SrHfO3:Ce [103] e CaTiO3:Pr [154], podem ser utilizados em muitos ecrãs, pelo que o presente estudo se concentrou nas suas qualidades luminosas. O Eu3+ é um ião ativador eficaz que emite luz vermelha ou vermelho-alaranjada numa variedade de hospedeiros, incluindo boratos [105], niobatos [106] e molibdatos [107]. O hospedeiro BaZrO3 é agora reconhecido como um material de fotoluminescência (PL) facilmente disponível, barato e ambientalmente benigno que produz luz no espetro visível. Este material é promissor devido à sua caraterística de PL, o que o torna útil para aplicações que incluem cintiladores, ecrãs de plasma, iluminação de estado sólido, fotocatalisadores verdes e ecrãs de emissão de campo [107].

V.3.1. Coeficiente de absorção.

As constantes ópticas, como o índice de refração $n(\omega)$, a refletividade $R(\omega)$, o coeficiente de absorção $\alpha(\omega)$ e o coeficiente de distinção $K(\omega)$, são calculadas com base na função dieléctrica, de acordo com as seguintes relações [48, 49]. Na forma complexa, o índice de refração é expresso por :

$$N = n + iK \quad \textbf{(1)}$$

n ($\square$): o índice de refração.

k ($\square$): o coeficiente de extinção

40

$$n(\omega) = \frac{1}{\sqrt{2}} [(\varepsilon_1(\omega)^2 + \varepsilon_2(\omega)^2)^{1/2} + \varepsilon_1(\omega)]^{1/2} \quad \textbf{(2)}$$

$$K(\omega) = \frac{1}{\sqrt{2}} [(\varepsilon_1{}^2(\omega) + \varepsilon_2{}^2(\omega))^{1/2} - \varepsilon_1(\omega)]^{1/2} \quad \textbf{(3)}$$

$$\alpha(\omega) = \frac{4\pi}{\lambda} k(\omega) \quad \textbf{(9)}$$

$$R(\omega) = \left| \frac{\sqrt{\varepsilon(\omega)}-1}{\sqrt{\varepsilon(\omega)}+1} \right|^2 = \frac{(n-1)^2 + k^2}{(n+1)^2 + k^2} \quad \textbf{(4)}$$

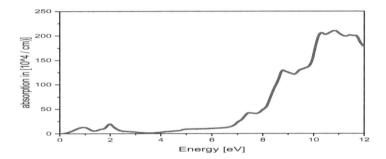

Figura. 5 . Coeficiente de absorção para CaBO$_3$ calculado por GGA .

O coeficiente de absorção da Figura 5 mostra uma absorção muito intensa na gama de 5,7-14 eV e 4-12 eV. Nestas gamas de absorção, observamos dois picos principais. O primeiro pico é obtido a 2 eV e o segundo a 11 eV. A partir de 4 eV, o coeficiente de absorção começa a aumentar acentuadamente.

VI.   Conclusão

No livro apresentado , os cálculos das propriedades estruturais e optoelectrónicas de perovskitas cúbicas do tipo $CaBO_3$ na fase cúbica foram efectuados utilizando um método ab-initio conhecido como método da onda plana linearizada aumentada com potencial total FP-LAPW no âmbito do funcional da densidade (DFT) e utilizando duas aproximações, nomeadamente a aproximação do gradiente generalizado de Perdew-Burke-Ernzerhof (GGA-PBE) e o potencial de Becke-Johnson modificado (mBJ) para determinar o potencial de troca e de correlação, que são implementados no código de cálculo Wien2k.

Numa primeira fase, estudámos as propriedades estruturais de equilíbrio determinando os parâmetros da rede a0o módulo de compressibilidade B e a sua derivada B' e o volume da malha V_0 utilizando a aproximação GGA-PBE. Os nossos parâmetros e posições atómicas relaxadas estão em boa concordância com outro estudo teórico realizado com GGA-PBE.

Na segunda parte, os nossos cálculos da estrutura de bandas electrónicas e da densidade de estados para o composto $GdAlO_3$ revelam um carácter semicondutor com a presença de um gap de energia: indireto nos pontos L e xG, notando que os valores dos gaps de energia determinados pela aproximação GGA são baixos, no entanto, a utilização da aproximação mBJ melhora consideravelmente os valores do gap. e o composto $DyAlO_3$ comporta-se como um óxido metálico.

O cálculo das propriedades ópticas de ambos os compostos, tais como a função dieléctrica, o índice de refração, o coeficiente de absorção e a condutividade ótica. Estes indicam que a nossa perovskite pode ser útil para aplicações de fotocatálise UV.

Por fim, os resultados do nosso trabalho parecem muito satisfatórios e podemos atestar a fiabilidade e a potência do método FP-LAPW. Os resultados obtidos são encorajadores e permitiram-nos prever certas características deste material. Esperamos, portanto, que o nosso estudo teórico motive os investigadores a estudar experimentalmente estas propriedades.

Referências

[1]. Johnsson, Mats; Lemmens, Peter (2007). "Cristalografia e Química das Perovskitas". Manual de Magnetismo e Materiais Magnéticos Avançados. arXiv:cond-mat/0506606

[2] B. Ilschner,Ch. Janot,PPUR presses polytechniques.**19**(2001)118

[3] A. Waintal. Solides State Communications.**3**(1966)125

[4] R. Von Der. solides State Communications.**31**(3)(1979)151

[5] B.Lorenz,Y.Q.Wang,Y.Y.Sun,C.W.Chu,Phys.RevB.**70**(21)(2004)212412

[6] S.C.Miller,W.F.Love,Tabelas de representações irredutíveis de grupos espaciais (1967).

[7] G.Demazeau,J.Développements Technologiques et Scientifiques.**12**(9)(2009)933

[8] M. Ghedira, J. Marcus, J. Mercier, and C. Schlenker, J. Chim. Sol. **47** (1983) (113) .

[9] S.Gariglio, J.M.Triscone, Comptes Rendus Physique.**12**(5-6)(2011)591

[10] R.Von Der, solides State Communications.**31**(3)(1979)151

[11] P.Guillaume ,Comptes Rendus Chimie.**12**(6-7)(2009)731

[12] Chun-lian Hu Solide State Communications.**149**(7-8)(2009)334

[13] S.Nirpendra,J.R.Yul, Journal of the Korean Physical Society.**53** (2008) 806.

[14] J.P.Monthéard,European polymer journal.**24**(12)(1988)1155

[15] C.Wu,F.Feng e Y.Xie, Chemical Society Reviews.**12** (2013)

[16] J.G.Mc Carty e H.Wise, Catalysis Today.**8**(2)(1990)231

[17] A.Kunioka,Y.Sakai,Solid-State Electronics.**8**(12)(1965)961

[18] N.Q.Minh,Ceramic fuel cells,J.Am.Ceram.Soc.**76**(3)(1993)563

[19] A. Reller, T. Williams, Chemistry in Britain.**25**(12)(1989)1227

[20] Blaha, Peter, et al.wien2k.Um programa de ondas planas aumentadas + orbitais locais para o cálculo de propriedades cristalinas. **60**(1)(2001)

[21]T.Nakamura.,Chem.Lett.(1974) 429.

[22] Z.Wu.,R.E.Cohen, Phys.Rev B.**73**(23)(2006)235116

[23] Mitchell, R.H., Perovskites : modern and ancient, Almaz Press. (2002).

[24].amina aidoud . Etude mat ferroelectrique de type Pérovskite. Rôle des lacunes d'oxygène sur les propréites optique et electrique.2018).

[25].Chen, H., Xiang, S., Li, W., Liu, H., Zhu, L., & Yang, S. (2018). Células solares de perovskita inorgânica: um campo em rápido crescimento. Solar Rrl, 2(2), 1700188.

[26] Babu, K. E., Veeraiah, A., Swamy, D. T., & Veeraiah, V. (2012). Estudo de primeiros princípios da estrutura eletrônica e propriedades ópticas da perovskita cúbica CsCaF3. Chinese Physics Letters, 29(11), 117102.

[27].Ephraim Babu, K., Veeraiah, A., Tirupathi Swamy, D., & Veeraiah, V. (2012). Estudo de primeiros princípios das propriedades eletrônicas e ópticas da perovskita cúbica CsSrF3. Ciência dos Materiais-Polónia, 30(4), 359-367.

[28].https://materialsproject.org/materials/mp-5811/

[29].@article{Berastegui2001ALT, title={Uma transição de fase estrutural a baixa temperatura no CsPbF3}, author={Pedro Berastegui and Stephen Hull and Sten G. Eriksson}, journal={Journal of Physics: Condensed Matter}, year={2001}, volume={13}, pages={5077-5088}

[30].Ye Z-G. Handbook of Advanced Dielectric, Piezoelectric and Ferroelectric Materials: Synthesis, Properties and Applications. Amsterdam: Elsevier; 2008

[31].Khirade PP, Birajdar SD, Raut A, Jadhav K. Nanocerâmica BaTiO3 dopada com ferro multiferróico sintetizada por auto-combustão sol-gel: influência do ferro nas propriedades físicas. Ceramics International. 2016;42:12441-12451

[32].Iwahara H, Yajima T, Hibino T, Ozaki K, Suzuki H. Condução protónica em zirconatos de cálcio, estrôncio e bário. Solid State Ionics. 1993;61:65-69

[33].Xing J, Liu XF, Zhang Q, Ha ST, Yuan YW, Shen C, et al. Síntese em fase de vapor de nanofios de perovskite de halogenetos organometálicos para nanolasers sintonizáveis à temperatura ambiente. Nano Letters. 2015;15:4571-4577

[34].Alexe M, Hesse D, Schmidt V, Senz S, Fan H, Zacharias M, et al. Nanotubos ferroeléctricos fabricados utilizando nanofios como modelos positivos. Applied Physics Letters. 2006;89:172907

[35].Parizi SS, Mellinger A, Caruntu G. Ferroelectric barium titanate nanocubes as capacitive building blocks for energy storage applications. ACS Applied Materials & Interfaces. 2014;6:17506-17517

[36]...Morozovska AN, Eliseev EA, Glinchuk MD. Aumento da ferroeletricidade em nanobastões confinados: Método variacional direto. Physical Review B. 2006;73:214106

[37] Mahata MK, Kumar K, Rai VK. Propriedades estruturais e ópticas do fósforo de titanato de bário dopado com Er3+/Yb3+ preparado por co-precipitação

[38] Kwak B, Zhang K, Boyd E, Erbil A, Wilkens B. Metalorganic chemical vapor deposition of BaTiO3 thin films. Jornal de Física Aplicada. 1991;69:767-772

[39].estruturas e desempenho de óxidos de perovskita. Chemical Reviews. 2001;101:1981-2018

[40] Yu LU, nouveaux matériaux pour antennes miniatures agiles en fréquence : synthèse et caractérisation diélectrique de films minces oxynitrures. Tese de doutoramento, Universidade de Rennes 1(2012).

[41] G. Teowee, J.T. Simpson, Tianji Zhao, M. Mansuripur, J.M. Boulton, D.R. Uhlmann, Microelectr. Eng. 29 (1995) 327.

[42] Mohamed Badreddine Assouar, Thèse de l'Université Henri Poincaré - Nancy I (2001).

[43] François Pigache, Thèse de l'Université des Sciences et Technologies de Lille (2005).

[44] Sylvain Marlière, Thèse de l'Institut National Polytechnique de Grenoble (2006).

[45] Can Wang, Q.F.Fang, Z.G.Zhu, A.Q.Jiang, S.Y.Wang, B.L.Cheng, e Z.H.Chen, Appl. Phys. Lett. 82 (2003) 2880.

[46] J.G. Webster, The measurement, instrumentation, and sensors handbook, (1999)32.

[47].Hussain, I., Anwar, M. S., Khan, S. N., Lee, C. G., & Koo, B. H. (2018). Propriedades magnéticas e efeito magnetocalórico em perovskitas duplas ordenadas Sr1.8Pr0.2FeMo1-xWxO6. Jornal Coreano de Pesquisa de Materiais, 28(8), 445-451.

[48] Moulson A. J. e Herbert J. M. 1990. Electrocerâmica. 189 (Chapman and Hall)

[49] Kulwicki B. M. " Advances in ceramics ", 1, PTC Materials Technology, 1955-1980, ed. L. M. Levinson (The Am. Ceram. Soc. Columb. OH 1981). L. M. Levinson (The Am. Ceram. Soc., Columbus, OH 1981)

[50] Youhan Xu, "Ferroelectrics Materials And Their applications", (North-Holland, Amesterdão, 1991)

[51] Tinkham M. Introduction to superconductivity. Courier Corporation. 1996 25

[52] Murphy D, Sunshine S, VanDover R, Cava R, Batlogg B, Zahurak S,et al. New superconducting   cuprate perovskitas supercondutoras. Physical   Review   Letters.1987;58:1888
[53] Sweedler A, Raub CJ, Matthias B.Superconductivity of the alkali tungsten bronzes.   Physics   Letters.   1965;15:108-109
[54] Schooley J, Hosler W, Cohen ML.Superconductivity in Semiconducting SrTi   O   3.   Physical   Review   Letters.   1964;12:474
[55] Frederikse H. Superconductivityachieved by Bardeen, Cooper and Schrieffer (BCS)* in 1957 . No início dos anos sessenta, Gurevich, Larkin e Firsov° descobriram, em: Electronic Structures in Solids: Lectures presented at the Second ChaniaConference. Creta, 30 de junho a 14 de julho de 2013. Realizada em Chania: Springer; 1968.p. 270

[56] Bardeen J, Cooper LN, Schrieffer JR. Teoria da supercondutividade. Physical Review.1957;108:1175

[57] Sleight AW. Superconductive barium-lead-bismuth oxides. Google Patents. 1976

[58]L.G. Van Uitert, S. Singh, H.J. Levinstein, J.E. Geusic e W.A. Bonner, Appl. Phys. Lett. 11(1967) 161.

[59] J.E. Geusic, H.J. Levinstein, J.J. Rubin, S. Singh e L.G. Van Uitert, Appl. Phys. Lett. 11(1967)269. https:// doi.org/10.1063/1.1755129

[60] S. Singh, J.E. Geusic, H.J. Levinstein, R.G. Smith e L.G. Van Uitert, IEEE J. Quantum Electronics QE-4 (1968)352.

[61]0 S.C. Abrahams, H.J. Levinstein e J. M. Reddy, J. Phys. Chem. Solids 27 (1966)1019. https://doi.org/10.1016/ 0022-3697(66)90074-6

[62] E. R. Caley, J. F. C. Richards, Theophrastus On Stones, Graduate School Monographs, Contributions in Physical Science No.1, The Ohio State University 1956

[63] Chen Y., Zhang Y., Yuan F., Ding F., Schmidt O.G. A Flexible PMN-PT Ribbon-Based Piezoelectric-Pyroelectric Hybrid Generator for Human-Activity Energy Harvesting and Monitoring. *Adv. Electron. Mater.* 2017;3:1600540. doi: 10.1002/aelm.201600540.

[64] You M.H., Wang X.X., Yan X., Zhang J., Song W.Z., Yu M., Fan Z.Y., Ramakrishna S., Long Y.Z. A self-powered flexible hybrid piezoelectric-pyroelectric nanogenerator based on non-woven nanofiber membranes. *J. Mater. Chem. A.* 2018;6:3500-3509.

[65] Song H.-C., Maurya D., Chun J., Zhou Y., Song M.-E., Gray D., Yamoah N.K., Kumar D., McDannald A., Jain M., et al. Modulated Magneto-Thermal Response of $La_{0.85}$ Sr $MnO_{0.153}$ and $(Ni_{0.6}$ Cu $Zn_{0.20.2}$)Fe O_{24} Composites for Thermal Energy Harvesters. *Energy Harvest. Syst.* 2017;4:57-65. doi: 10.1515/ehs-2016-0016.]

[66] Xie Y., Huang Z., Zhang S., Li X., Yang W., Zhang H., Lin Y., He L., Wu B., Su Y. Geradores piroeléctricos flexíveis para a captação de energia térmica ambiente e como termossensores auto-alimentados. *Energy.* 2016;101:202-210.

[67]Narita F., Fox M. A Review on Piezoelectric, Magnetostrictive, and Magnetoelectric Materials and Device Technologies for Energy Harvesting Applications. *Adv. Eng. Mater.* 2018;20:1-22.

[68] M, r. Yin and M, L, Cohen, 'Theory of lattice-dynamical properties of solids : Application to Si and Ge." Phys. Rev. B 51, 13987. (1982),

[69] J. Neugebauer e M Scheffler, "Adsorbate-substrate and adsorbate-adsorbate interactions of Na and K adlayers on Al (111)," Phys. Rev, R 46, 16067(1992).

[70] A, Bengtson. K, Persson. e D. Morgan, "Ab initio study of the composition dependence of the pressure-induced spin crossover in perovskite (Mg1-xFex)Si03" Earth Planet. Sci. Lett. 265. 535-545 (2008).

[71] J. Valasek, "Piezo-Electric and Allied Phenomena in Rochelle Salt" *Phys. Rev.*, vol. 17, no. 4,pp. 475-481, 1921.

[72] H. Mueller, "Properties of Rochelle Salt" *Phys. Rev.*, vol. 47, no. 2, pp. 175-191, 1935. [

73] H. Mueller, "Properties of Rochelle Salt" *Phys. Rev.*, vol. 57, no. 9, pp. 829-839, 1940.

[74] H. Mueller, "Properties of Rochelle Salt. III" *Phys. Rev.*, vol. 58, no. 6, pp. 565-573, 1940.

[75] H. Mueller, "Properties of Rochelle Salt. IV" *Phys. Rev.*, vol. 58, no. 9, pp. 805-811, 1940.

[76] M. Acosta, N. Novak, V. Rojas, S. Patel, R. Vaish, J.Koruza, G.A. Rossetti Jr., e J. Rödel, "BaTiO3 -based piezoelectrics: Fundamentals, current status, and perspectives" *Appl. Phys. Rev.*, vol. 4, no. 4, p. 041305, 2017. [

77] T. Hans e D. James, "Insulating material" US2429588A, 21-Out-1947. [

78] P. R. Coursey e K. G. Brand, "Dielectric Constants of Some Titanates," *Nature*, vol. 157, no.3984, pp. 297-298, 1946.

[79] B. Wul e I. M. Goldman, "C. R. Acad. Sci. URSS" *C. R. Acad. Sci. URSS*, vol. 51, p. 21,1946. [

80] T. Ogawa e Busseiron Kenkyu, *"On barium titanate ceramics"*, 6, 1. 1947. [

81] C. A. Randall, R. E. Newnham, e L. E. Cross, *History of the First Ferroelectric Oxide, BaTiO3* Materials Research Institute, The Pennsylvania State University, University Park, PA,USA, 2004.

[82]. Cao, D. et al. Células solares de filme ferroelétrico de elevada eficiência com uma camada tampão catódica de Cu2O do tipo n. Nano Lett. 12, 2803-2809 (2012).

[83]. Alexe, M. & Hesse, D. Tip-enhanced photovoltaic effects in bismuth ferrite. Nature Commun. 2, 256 (2011).

[84]. Qin, M., Ao, K. & Liang, Y. C. Fotovoltaicos de alta eficiência em nanoescala filmes finos ferroeléctricos. Appl. Phys. Lett. 93, 122904 (2008).

[85]. Choi, W. S. et al. Sintonização de banda larga em óxidos de metais de transição complexos por substituição específica do local. Nature Commun. 3, 689 (2012).

[86]. Kreisel, J., Alexe, M. & Thomas, P. A. Um material fotoferroeléctrico é mais do que a soma das suas partes. Nature Mater. 11, 260 (2012).

[87]. Glass, A. M., Linde, D. V. D.& Negran, T. J. Efeito fotovoltaico em massa de alta tensão e processo fotorrefractivo em LiNbO3. Appl. Phys. Lett. 25, 233-235 (1974).

[88] Lawless W, DeVries R. Accurate determination of the ordinary-ray refractive index in BaTiO3.
em BaTiO3. Journal of Applied Physics. 1964;35:2638-2639

[89] Noland JA. Optical absorption of single-crystal strontium titanate. Physical Review. 1954;94:724

[90] Linz A Jr, Herrington K. Electrical and optical properties of synthetic calcium titanate crystal. The Journal of Chemical Physics. 1958;28:824-825

[91] Geusic J, Marcos H, Van Uitert L. Oscilações laser em granadas de ítrio-alumínio, ítrio-gálio e gadolínio dopadas com Nd. Applied Physics Letters. 1964;4:182-184

[92] Zhang W, Tang J, Ye J. Photoluminescence and photocatalytic properties of SrSnO 3 perovskite. Chemical Physics Letters. 2006;418: 174-178

[93] Sun D, Li D, Zhu Z, Xiao J, Tao Z, Liu W. Photoluminescence properties of europium and titanium co-doped BaZrO 3 phosphors powders synthesized by the solid-state reaction method. Optical Materials. 2012;34:1890-1896

[94] Zhang H, Fu X, Niu S, Xin Q. Síntese e propriedades de fotoluminescência da perovskita AZrO 3 dopada com Eu 3+(A= Ca, Sr, Ba). Jornal de Alloys and Compounds. 2008;459: 103-106

[95] Pan Y, Su Q, Xu H, Chen T, Ge W, Yang C, et al. Síntese e luminescência vermelha do nanofósforo de CaTiO 3 dopado com Pr 3+ a partir de um precursor polimérico. Journal of Solid State Chemistry. 2003; 174:69-73

[96] Lu Z, Chen L, Tang Y, Li Y. Preparação e propriedades luminescentes de materiais de perovskite MSnO 3 dopados com Eu 3+ (M= Ca, Sr e Ba). Journal of Alloys and Compounds. 2005;387:L1-L4

[97] Cockroft NJ, Lee SH, Wright JC. Espectroscopia selectiva do local da química de defeitos em SrTiO 3, Sr 2 TiO 4, e Sr 3 Ti 2 O 7. Physical Review B. 1991;44:4117

[151] Jia W, Xu W, Rivera I, Pérez A, Fernández F. Effects of compositional phase transitions on luminescence of S 1 x Ca x TiO 3: Pr 3+. Solid State Communications. 2003;126:153-157

[98] Hwang HY. Perovskites: As vagas de oxigénio brilham a azul. Nature Materials. 2005;4:803-804

[99] Retot H, Bessiere A, Kahn-Harari A, Viana B. Síntese e caraterização ótica de SrHfO 3: Ce e SrZrO 3: Ce nanopartículas. Optical Materials. 2008;30:1109-1114

[100] Pinel E, Boutinaud P, Mahiou R. O que torna a luminescência do Pr 3+ diferente em CaTiO 3 e CaZrO 3? Journal of Alloys and Compounds. 2004; 380:225-229

[101] Li XX, Wang YH, Chen Z. Photoluminescence properties of GdBa 3 B 9 O 18: Ln 3+(Ln= Eu, Tb) under UV and VUV excitation. Journal of Alloys and Compounds. 2008;453:392-394

[102] Wang Y, Sun Y, Zhang J, Ci Z, Zhang Z, Wang L. Novos fósforos vermelhos Y 0,85 Bi 0,1 Eu 0,05 V 1 yMyO 4 (M= Nb, P) para díodos emissores de luz. Physica B: Matéria Condensada. 2008;403: 2071-2075

[103] Neeraj S, Kijima N, Cheetham A. Novel red phosphors for solid-state lighting: O sistema NaM (WO 4) 2 x (MoO 4) x: Eu 3+(M Gd, Y, Bi). Chemical Physics Letters. 2004;387:2-6

[104] Dhahri K, Bejar M, Dhahri E, Soares M, Graça M, Sousa M, et al. Bluegreen photoluminescence in BaZrO 3 δ powders. Chemical Physics Letters. 2014;610:341-344

[105] Yuan Y, Zhang X, Liu L, Jiang X, Lv J, Li Z, et al. Síntese e caraterização fotocalítica de um novo fotocatalisador BaZrO 3. International Journal of Hydrogen Energy. 2008;33: 5941-5946

[106] Yamamoto H, Okamoto S. Efficiency enhancement by aluminum addition to some oxide phosphors for field emission displays. Displays. 2000; 21:93-98

[107] Borja-Urby R, Diaz-Torres L, Salas P, Vega-Gonzalez M, Angeles-Chavez C. Blue and red emission in wide band gap BaZrO 3: Yb 3+, Tm 3+. Ciência e Engenharia de Materiais: B. 2010;174:169-173

Milton Keynes UK
Ingram Content Group UK Ltd.
UKHW011836260224
438492UK00001B/168